Una alegría de niños

Para nuestra propia alegría de niños: Justice, Gracen, & Manny, y
Jeremiah, Blaise, Glory & Jesslyn Hope

~ Kris y Jen ~

Para mi familia y amigos quienes siempre me han apoyado y dado la libertad

para seguir mis sueños.

~ Zi ~

Gracias a...
Rebecca e Israel Rosas, Jenny Healy, y Cindy Colyer por traducir nuestro texto al español.
Chuck Sabin por crear la música y la canción.
Las Doctoras Chloe Hughes y Cindy Ryan por sus consejos expertos y comentarios maravillosos.
Danielle Ambrose por su ayuda con los aspectos técnicos.
Gayle Bast por su ayuda revisando y por darnos la bendición de Abuelita Bevel.
Nuestros esposos, Joel y Dean, por animarnos y darnos el tiempo para hacerlo.

Una alegría de niños escrito por Kristen Sandoz y Jennifer Schulze; ilustrado por Zapryanka Vasileva.
Texto e ilustraciones derechos de autor 2015 Kris and Jen Books

Resumen: un grupo de niños felices están esperando ansiosamente las alegrías de la mañana de Navidad. Mientras duermen, la magia del día festivo ocurre cuando un trineo lleno de elfos y alguien especial dejan cosas emocionantes para ser descubiertas en la mañana.

Ilustraciones: Una mezcla de dibujos por mano y colores digitales. Un lápiz y un lapicero con punta fina fueron usados para bosquejar y hacer los dibujos iniciales. Las imagines fueron escaneadas y manipuladas en una mesa gráfica donde se añadieron los colores y cambios hechos a la composición.

[1. Navidad-ficción. 2. Niños-ficción. 3. Día festivo-ficción]
ISBN-13: 978-0692588406
ISBN-10: 069258840X
Library of Congress Control Number: 2015920058
Kris and Jen Books, Amity, OR

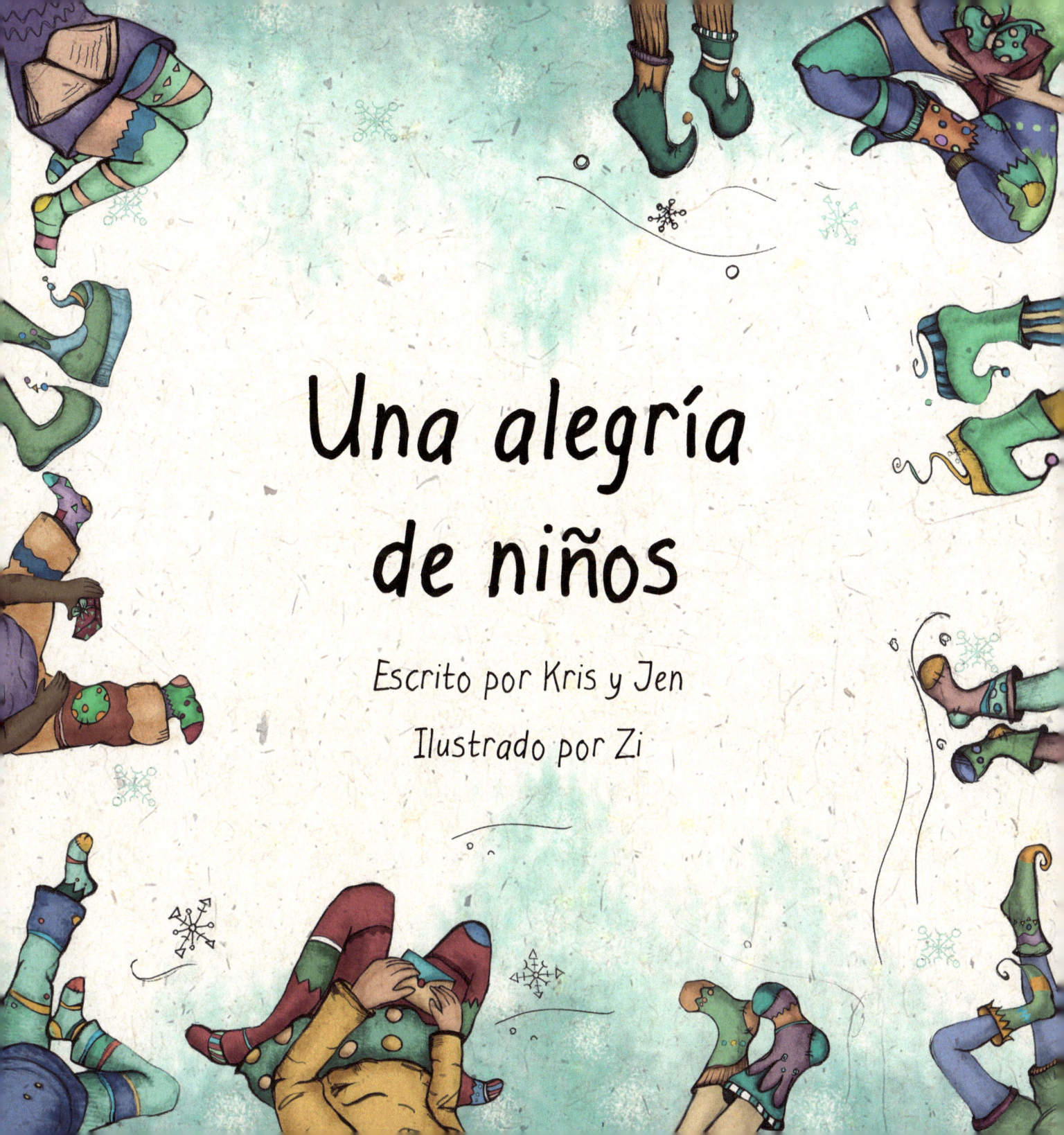

Una alegría de niños

Escrito por Kris y Jen

Ilustrado por Zi

Esperando, esperando...

Esperando para...

Un grupo de niños.

Soñando, soñando, soñando dentro de...

Una hilera de casas.

Ubicado, ubicado, ubicado debajo de...

Una manada de renos.

Aterrizando,
aterrizando,
aterrizando
con...

Una multitud de elfos.

Dejando caer, dejando caer, dejando caer...

Un montón de regalos.

Cayendo...

Cayendo...

Cayendo cerca de...

Una linea de medias
de Navidad.

Colgado, colgado, colgado al lado de...

Un plato de galletas.

Tentando, tentando, tentando...

Una Santa Navidad.

Escondiéndose, escondiéndose, escondiéndose de…

Una alegría de niños.

Esperando, esperando, esperando para…

¡La mañanita de Navidad!

El Fin.

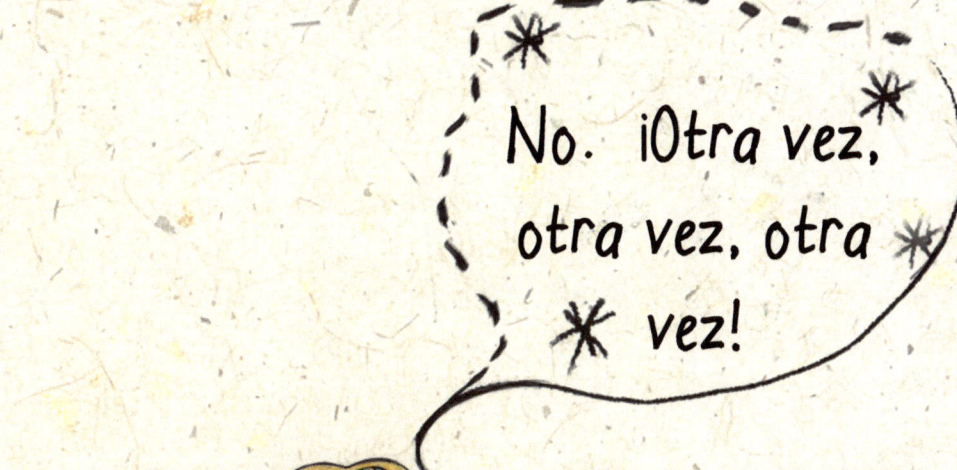

Queridos padres y maestros,

Las siguientes características fueron diseñadas para apoyar el desarrollo de habilidades básicas de literatura:

- La ilustración solamente está en la portada del frente, para que sea obvio donde empezar a leer
- El movimiento de ambos texto e ilustración de la izquierda a la derecha para reafirmar la dirección del texto
- Ilustraciones cautivadoras que soportan el texto mientras animan el lector a voltear la página
- Fuente simple con amplio espacio entre palabras que demuestra la ortografía que enseñamos en la escuela, no letra a o g adornada
- Texto que sigue un patrón que guía el lector en medio del cuento
- Vocabulario abundante
- ¡Ánimo para leerlo una y otra y otra vez!

Esperamos que usted use estas características para apoyar el desarrollo de las habilidades básicas de literatura en sus lectores jóvenes.

Aquí hay algunas actividades simples que puede hacer para seguir apoyando estas habilidades, divertirse, y criar un ánimo para leer en sus jovencitos.

1. Lea y vuelva a leer **Una alegría de niños** hasta que el texto sea muy familiar y los lectores jóvenes puedan leerlo fácilmente de memoria.

2. Use movimientos o gestos para reforzar el cuento. Las tres palabras repetidas son buenísimas para poner acción o gestos… Esperando, esperando, esperando… por ejemplo podría ser actuada por dar golpecitos a la muñeca de la mano con un dedo o frotando las manos en anticipación.

3. Pase tiempo notando y conversando sobre cosas en las ilustraciones. Por ejemplo, algunos de los personajes tienen plantillas en sus zapatos. ¿Por qué hacen eso?

4. Trabaje ordenando eventos yendo a krisandjenbooks.com y descargando las tarjetas de secuencia para **Una alegría de niños**. Estas están disponibles para descargar gratis para nuestros lectores.

5. Descargue las imagines del cuento para colorear que se encuentra en krisandjenbooks.com.

6. Juegue el juego Espera. La primera persona dice algo que está esperando y la persona siguiente añade algo que sigue el mismo patrón que se encuentra en **Una alegría de niños**. Por ejemplo:

> Mamá: "Esperando, esperando, esperando para que llegue papá."
> Hermana: "Manejando, manejando, manejando en su carro."
> Hermano: "Pitando, pitando, pitando a nuestro vecino."
> Mamá: "Colgando, colgando, colgando las luces navideñas."

Siga hasta que ya no tengan más ideas.

7. ¡Canten la canción juntos! Vaya a Krisandjenbooks.com/#!landing-page/ssilv para descargar el bono de la version cantada de **Una alegría de niños**.

8. Visite Krisandjenbooks.com y mire el cuento contado en la lengua de signos americanos.

Esperamos que estas ideas le ayuden a crecer la alegría de lectores jóvenes.

Con cariño, cariño, cariño,
Kris y Jen

Sobre, sobre, sobre...
¡Las autoras!

Kris es el nombre corto para Kristen Sandoz. Kris es una esposa, madre, pastora de jóvenes y escritora. Ella vive en una granja anticuada de manzanas en el Valle Willamette de Oregon junto con su esposo por 18 años y sus tres alegres hijos.

A Kris le encanta conectarse con la gente atreves de la escritura, contando historias, y enseñando. Ella cree en el poder del cuento para traer curación, crecimiento, y conexiones para la gente. Cuando sea grande, ella quiere ser una granjera. El animal favorito de Kris es la gallina.

Jen es el nombre corto para Jennifer Schulze. Jen es una esposa, madre, maestra y escritora. Ella vive en el Valle Willamette de Oregon en una casita junto con su esposo por 22 años y con dos de sus cuatro hijos...los otros dos ya están crecidos y viven cerca de donde ella vive. Jen fue maestra de primaria por 16 años y ahora trabaja en la universidad de Western Oregon como profesora de literatura. Es muy importante para Jen que a los niños les encante leer y escribir. Ella cree que si les encanta leer y escribir, lo harán; si lo hacen, naturalmente mejorarán en ambos. El animal favorito de Jen es el erizo.

Sobre, sobre, sobre...
¡La ilustradora!

Zi es el nobre corto para Zapryanka Vasileva. Zi es una artista e ilustradora.
Ella nació y creció en el pueblito maravilloso de Parvomay en Bulgaria. Ahora, ella
vive y trabaja en la vieja e histórica ciudad de Plovdiv en Bulgaria. Zi se graduó de
la Academia de Música, Baile, y Artes Finas. Uno de sus sueños es tocar los
corazones de los lectores jóvenes y adultos por medio de sus ilustraciones.

Muchas veces, mientras está dibujando, ella
piensa a si misma, "¡Lo más raro, lo mejor!" Zi
tiene un perro husky loco llamado Martin; sus
cálidos ojos marrón puede derretir su corazón.

Aprenda más acerca de Kris, Jen, y Zi en...

Kris y Jen a krisandjenbooks.com

y

Zi a illustrations-stories.com

Kris and Jen Books

krisandjenbooks@gmail.com   krisandjenbooks.com

Para descargar una copia gratis de la canción,
Una alegría de niños, favor de visitar:
http://www.krisandjenbooks.com/#!landing-page/ssilv

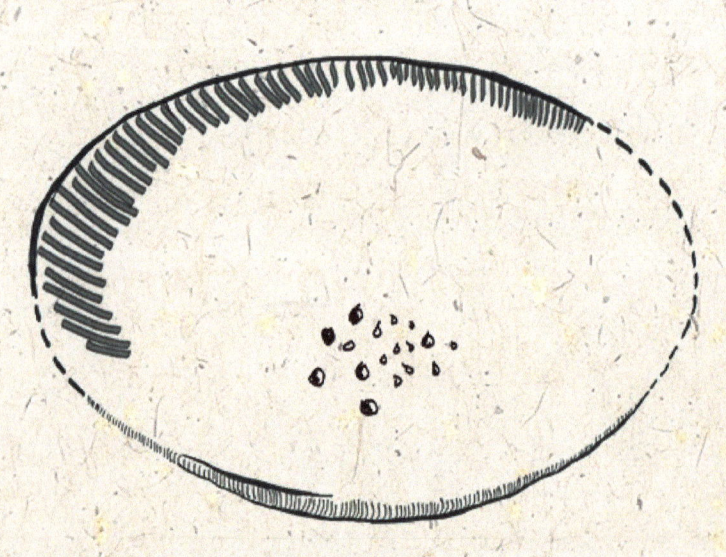